한국 희곡 명작선 67

펜스 너머로 가을바람이 불기 시작해

한국 희곡 명작선 67

펜스 너머로 가을바람이 불기 시작해

변영진

평민사

변형진

펜스 너머로 가을바람이 불기 시작해.

등장인물

권준호
박성호
조하니
김윤희
감독
기자
심판

'바람이 분다
펜스 너머로 가을바람이 불기 시작한다'

프롤로그

안산공고, 3학년 3반 교실 안.

창밖에는 축구부의 연습경기 소리가 들려온다.

교실 안 준호. 턱을 괴고 책상에 앉아있다.

박성호 아직도 고민 중?

권준호 어? 덥다.

야구 배트 백을 둘러맨 성호, 준호의 옆 자리에 자연스럽게 앉는다.

박성호 여름이네.

권준호 방학이고.

둘은 한동안 창밖 축구부 연습경기를 바라본다.

박성호 장난 없네. 축구부는.

권준호 전국대회잖아.

박성호 좋겠다. 전국대회…… 우리는 언제 대통령기며 황금사자기며 청룡기에 나갈까…….

권준호 있잖아…….

박성호 응?

권준호 네 말처럼 나는 야구할 사람이 아닌가 봐.

박성호 (웃으며) 이제 와서?

권준호 봤어.

박성호 뭘?

권준호 슬램덩크.

박성호 죽이지?

권준호 고쿠레 호엔.

박성호 뭐?

권준호 그 사람 일본 이름이 고쿠레 호엔이더라.

박성호 안경 선배?

권준호 응. 한국 이름은 권준호.

박성호 우리 안산 공고에도 권준호가 있지.

권준호 내 이름도 권준호. 나 농구부로 옮길까?

박성호 …… 안경 선배도 북산에서는 만년 후보였어.

권준호 …… 그래도 그 사람은 가끔 시합에 나가 3점슛이라도 터트렸지.

박성호 다시 들어와. 조금만 더 노력하면 지명타자 정도는…….

권준호 노력이라…… 덥네.

매미소리.

권준호 마지막 여름방학이네.

박성호 (창밖을 보며) 어? 싸운다. 축구부.

권준호 어? 어. 정말?

박성호 멍청이들. 손으로 싸우면 어쩌자는 거야!

권준호 (웃으며) 바보냐?

박성호 축구는 발로 하면서 싸움은 손으로 하잖아! 멍청이들.

준호 웃는다.

권준호 아무래도 너의 머리는…….

박성호 발로 싸워야 할 것 아니야! 단련된 발로 싸워야지!

준호, 성호 어이, 축구부! 발로 싸워! 발로 싸워야지! 바보들.

둘은 웃는다.

청명한 하늘위로 구름이 떠다닌다.

'깡' 야구 배트에 맞은 야구공 소리가 들린다.

1. 슬램덩크보다 H2가 더 좋아

박성호 등굣길 아침이면 항상 고양이 한마리가 담벼락 위에서 나를 쫓아온다. 빠르지도 느리지도 않는 속도로, 나른한 얼굴로, 비스듬한 척추를 이끌고 담벼락 경계의 끝까지…… 처음에는 나한테 관심이 있는 줄 알았다. 나 같은 타입에게도 동물이란 것이 따라오는 거구나. 어쩌면 (배시시) 나는 동물과 소통이 더 잘 맞은 타입? 그렇게 한동안 고양이가 있는 담벼락 길을 즐겨 다녔다. 그런데 어느 날…… 녀석이 보이지 않았다…… 그 사이 비가 내렸고 눈이 내렸다. 뜨거웠으며 추웠던 계절이 지나갔다. 그렇게 시간이 흐르고 고3 여름방학. 녀석이 담벼락 위에 나타났다. 나를 알아보기 시작한 걸까? 나를 쳐다보는 녀석의 동공이 커졌고 몸을 일으켜 세우더니 허리가 하늘로 향하기 시작했다. 반가운 마음에 나는 손을 흔들었다. '어이 담벼락 고양이. 어딜 갔다 온 거냐? 나도 없는 여자 친구가 생긴 건 아니겠지?' 거기까지였다. 이내 고양이는 재미없는 표정으로 담벼락에 누워 잠을 자기 시작했다. 녀석 털 색깔도 많이 변했고 어딘가 수척해진 기분이었다…… 그리고 한 쪽 눈이 없었다…….

'깡'

공은 성호의 눈으로 향했고.

박성호 어? 공이 나한테 날아오는 거?

순간, 야구부원들의 소리가 들려온다.

성호는 쓰러진다.

과일바구니를 들고 준호가 들어온다.

권준호 그 고양이처럼 됐네?

박성호 놀리냐?

권준호 여름방학 첫 훈련에 부상! (웃는다)

박성호 (베개를 집어던지며) 염장을 지르러왔구나 아주!

권준호 좀 쉬어. 겨울도 있잖아.

박성호 겨울에 밀렸던 공부를 해야 하는데?

권준호 지금 해둬. 미리.

박성호 공부 안 하려고 야구 시작한 건데!

김윤희 들어온다.

김윤희 주사 놓으러 왔어. (준호를 바라보고) 지금. 괜찮아?

박성호 그럼요!

김윤희 친구?

박성호 원수.

김윤희 원수치고는 잘생겼는데?

권준호 …….

박성호 원래 잘생긴 녀석들이 더 나빠요. 누나.

김윤희 잘생기고 예쁜 사람들이 더 착해.

주사를 놓는다.

성호는 좋은 건지, 아픈 건지

하지만 베실베실.

권준호 변태.

김윤희 맞다. 그 고양이 골목 어디라고 했지?

박성호 아. 여기서 멀지 않아요. 제가 번호 알려주시면 카카오톡 지도로…….

김윤희 됐어.

박성호 …….

김윤희 나중에 같이 가서 보자.

박성호 (희번득) 정말요?

김윤희 나 고양이라는 존재. 무서워하면서도 좋아하거든…… 혼자 보면 왠지 무서워서 오래 못 볼 것 같아서.

김윤희 나간다.

권준호 좋냐!

박성호 지금부터 운동 시작이다. 회복에 좋은 과일들!

준호가 사온 과일들을 먹기 시작하는 성호

옆 테이블에 쌓인 만화책들.

권준호 H2…….

박성호 (아령을 들며) 너. 슬램덩크랑 H2가 다른 이유를 알고 있냐?

권준호 글쎄…… H2가 더 현실적이어서?

박성호 현실적이다. 흠. 의외로 슬램덩크가 더 현실적으로 보이는데, 나는?

권준호 흠…… 스포츠물을 가장한 청춘 연애물이라서?

박성호 빙고. 청춘에 가장 중요한 건 뭐다?

권준호 연애!

박성호 빙고!

권준호 우리는 이 바보들보다 더 바보들인 거 인정?

박성호 인정.

둘은 웃는다.

매미 소리가 한창이다.

박성호 너는 H2가 좋냐, 슬램덩크가 좋냐.

권준호 흠…….

박성호 내 친구라는 걸 증명해라.

권준호 일단 내가 슬램덩크를 좋아할 이유가 없잖아…….

박성호 (아령을 멈추고) 이유는?

권준호 권준호가 등장하잖아. 그것도 아주 찌질하게…….

박성호 아니. H2가 더 좋은 이유가 뭐냐고!

권준호 야구가 전부가 아니라서.

박성호 쿠니미 히로한테는 야한 잡지가 중요하지.

권준호 그게 목숨이지.

박성호 사실 나도 야구 따위 하나도 중요하지 않다.

권준호 그럼?

박성호 (진지하게) 간호사 누나한테 애인이 있을까? 없을까?

권준호 (더욱더 진지하게) 중요한 문제인 것 같으니…… 같이 고민하자.

고민하는 준호

그 모습을 바라보는 성호, 답답해한다.

박성호 델리스파이스 '고백'이라는 노래가 H2에 영감을 받아서 만들어진 거 알고 있어?

권준호 (자신이 가져온 과일을 물며) 델리스파이스는 또 누구야?

박성호 중2때까지 늘 첫째 줄에 겨우 160이 됐을 무렵 쓸 만한 녀석들은 모두 다 이미 첫사랑 진행 중.

권준호 응 그게 뭐?

박성호 쿠니미 히로의 대사잖아. (잠시) 너 설마…… 델리스파이스를 모른단 말이야?

권준호 응…….

박성호 …….

권준호 야! 그거 말고도 좋은 대사 많거든? (만화책을 들여다보며) 시합은 몇 번이고 뒤집어진다. 그리고 설령 졌다 해도, 시합은 하나만이 아니야. 이제부터 수많은 시합을 싸워 나가지 않으면 안 돼. 연애만이 아니야. 일, 병, 인간관계…… 싸워야할 상대도 여러 가지야. 이기기도 하고, 지기도 하고, 울기도 하고, 웃기도 하고, 그래서 인생은 재미있는 거 아닌가? 그렇지 않으면 연전연승으로 죽을 때까지 웃기만 하는 그런 인생을 바라나? 델리스파이스를 모른단 말이야?

성호 책에 코를 박고 운다.

준호 조용히 책을 바라본다.

박성호 야구가 하고 싶어.

권준호 …….

건물 밖에서 델리스파이스의 노래가 들려온다.

노을이 준호의 얼굴을 붉게 물들게 한다.

2. 사실 야구는 좋아하지만……
중요하지는 않아

권준호 어째서일까? 어째서 야구 만화에 나오는 주인공들은 전부 투수일까? 어째서 라이벌들은 전부 타자일까? 안경 쓴, 매의 눈의 타자. (깡!) 그래서 선택했다. 투수의 꿈을. 직구로만 승부를 보는 그런 이상적인 투수를…….

감독 준호 군.

권준호 네!

감독 투수는 특별한 자질을 가지고 있는 사람들만 할 수 있는 포지션이다. 알고 있나?

권준호 (기대감에 웃으며) 몰랐습니다.

감독 자네는 노력하는 타자가 될 수 있도록. 이상.

권준호 1학년 여름방학 포지션 매칭이 끝이 나고, 나는 그냥 그런 타자 지망생이 되어 있었다. 녀석은…….

투수 모자를 눌러 쓴 성호

와인드업. 공을 던진다.

'깡' 상대팀한테 홈런을 맞았다.

박성호 엥?

당황해하는 성호

권준호 투수로 매칭 되었고 보시다시피 재능이 있는지 없는지 잘 모르겠으나, 고2 겨울부터는 주전 투수로 활약을 하기 시작했다. 선배 투수들은 전부 졸업을 앞둬 공부를 하거나 취업을 하기 시작했고, 후배 투수들은 다행인지 불행인지 성호보다는 재능이 없었다. 야구부 창립 이래 역대 최악의 멤버라 핍박을 받으며 보내고 있지만 오히려 성호한테는 인생 최고의 시즌을 보내고 있는 거 아닐까?

신이 난 성호
공을 위로 세우며.

박성호 내 마구 받아 볼 사람!

감독 나도 안다. 너희들이 역대 최악의 멤버들이라는 걸…… 하지만 이상하다. 역대 최악의 멤버지만 역대 최고의 성적을 거두고 있다. 아마도 행운은 너희들 편인가보다. 세상은 참 공평하지?

권준호 선수가 부상을 입거나, 사정이 생겨 경기를 못 나갈 때면 나는 지명타자 나가는 거 말고는 할 일이 없었다. 감독님 말처럼 노력하면 훌륭한 타자가 될 수 있다고 하지만, 나는 노력하는 타자보다 재능 있는 투수이기를 원했다. 그래서 매일.

와인드업을 하는 준호

공을 던진다.

땀이 흐른다.

권준호 연습을 했다. 1학년 겨울에도 이렇게 공을 던졌고, 2학년 여름과 겨울에는 더욱 많은 공을 던졌다. 2학년 겨울이 끝나고…….

감독 준호는…… 재능이 없는 걸 떠나서…… 노력을 하지 않는 아이구나.

권준호 그 소리를 듣고…… 야구를 그만 두었다.

준호 어깨를 흔들어 본다.

이상한 기분이다.

권준호 아…….

다시, 어깨를 만져보는 준호.

권준호 설상가상으로…… 내 어깨는…… 망가져있었다…… 의사 말로는 터무니없이 노력을 한 결과라고 한다.

감독 준호 군. 여름 방학에 훈련에 참가할 텐가?

권준호 (웃으며) 글쎄요…… 제가 무엇을 하면 될까요?

감독 성호군의 부상으로 선수가 미달이어서 말이지.

권준호 네……,

감독 이렇게 된다면 이번 대회에 등록을 할 수가 없다네…… 자네 그래도 2년 동안 본 눈이 있지 않는가. 이번에라도 노력을 한다면 지명타자. 아니 그 이상을 노려볼 수 있지 않을까? 억울하지도 않나! 고3 마지막 여름방학 정도는 해도 되잖아!

권준호 뭐를…….

감독 노력!

권준호 …… 나는 야구를 중요하게 생각했지만 좋아하지 않았고, 지금에 와서 생각해보니 야구를 좋아했지만 중요하지 않게 되었던 것 같다. 뭐…… 이거나 저거나 지금 나는 모든 것이 귀찮을 따름이다.

성호의 병원.

박성호 감독님이 제안했다며.

권준호 응.

박성호 대답은?

권준호 …….

박성호 대답은!

감독 힘을 빼고 스윙을 해라. 공을 끝까지 봐. 도 대회는 초반

사구가 많으니까. 공을 보는 눈을 길러.

권준호 공을 보는 눈.

감독 공을 보는 눈!

권준호 벤치에서 매일 보던 상대팀 투구 장면.

감독 아무것도 하지 말라는 소리다.

권준호 …….

배트를 들고 서 있는 준호.

아무것도 하지 않는다.

심판 원 볼, 투 볼, 쓰리 볼, 원스트라이크, 투스트라이크, 포 볼!

감독 잘 참았다.

박성호 잘 참았어.

권준호 잘 참는 게 내 특기지. 주사 놓을 시간 아닌가?

박성호 근데, 너무 자주 오는 거 아니냐?

권준호 걱정되니까.

박성호 (버럭) 뭐가! 이 속물아!

준호, 슬그머니 만화책을 집어 들고 발라당 누워버린다.

권준호 공부는 잘하던데…….

박성호 누구?

권준호 슬램덩크에 나오는 안경선배.

박성호 농구로는 성공할 것 같지 않으니까. 수시로 입시준비를 했던 거야. 미리미리 준비한 거지. 꿈은 농구로 향해 있지만, 현실은 대학입시라는 걸 알고 있던 거지.

권준호 그 안경선배 말이야. 강백호와 서태웅이 입학했을 때 좋아했을까?

박성호 글쎄.

권준호 중간에 돌아 온 정대만이 복귀했을 때 정말로 좋아했을까?

박성호 글쎄…….

권준호 농구 한 번 제대로 못한 풋내기와 2년 동안 농구를 쉬었던 친구가 바로 주전이 되었을 때 안경선배의 마음은 어땠을까?

박성호 나라면…… 비참하게 울었을 거야.

준호, 만화책을 덮고 포기한 듯 천장을 바라본다.

권준호 근데…… 끝까지 괜찮은 척하네.

박성호 그래서 내가 좋아하는 캐릭터야.

김윤희 들어오고.

김윤희 주사…… 지금 괜찮아?

준호, 일어나 가방을 맨다.

김윤희 준호 안녕?

권준호 (급히) 나 먼저 가볼게.

박성호 응? 어디?

권준호 괜찮은 척하러.

준호 밖으로 나간다. 그 사이 성호는 주사를 맞고.

박성호 아야!

3. 하니지만 달리기는 못해요

조하니 어릴 때부터 제일 싫어했던 게 체육이었고 그 중에서 최고로 싫어하는 종목을 하나 꼽자면 달.리.기다. 계주시간이 세상에서 제일 싫었으며 내가 이 긴장감을 왜 안고 살아야 하는지 모르겠다. 그래서 그런지 체육시간 두 시간 전부터 몸이 경직되고 어디론가 도망가고 싶은 마음뿐이다. 출석부를 때, 어딘가 새로운 모임에 나갈 때 항상 듣는 말.

감독 조하니.

조하니 네.

감독 누구야? 일어나 봐.

조하니 …….

어색하게 일어나는 조하니.

감독 …….

조하니 …….

감독 달리기와는 전혀 상관없겠군.

웃음소리.

감독 오늘은 자율시간이다. 여자들은 피구나 발야구를 하고 남자들은 야.구.다. 잘 들어 어디 가서 또 몰래 숨어있거나 딴 짓하는 애들 나오면 단체 달리기다.

조하니 피구랑 발야구도 최악이지만, 달리기는 더 최악이다. 그래서 나는 엄청 열심히 피구나 발야구를 했다.

피구, 발야구 공이 하니 발밑으로 댕굴댕굴 들어온다.

조하니 다들 나를 데려가려고 했었다. 처음에는…… 팀을 나누면 나는 항상 첫 번째였다. 그냥 내가 던지면 캐리할 거라 생각했고 내가 차면 운동장 하늘을 찌를 것이라 생각했나보다. 그런데 나는 정말 운동이라는 거리가 아주 멀다. 어릴 때 아버지의 강력한 권유로 태권도도 다니고 합기도도 다녀보고 검도도 다녀봤지만 항상 노란띠에서 머물렀다. 나는 세상에서 가위바위보가 제일 싫다.

목소리가 들려온다.

반 아이들 가위바위보로 팀을 정하고 있다.

반 아이들 (여자) 이름들이 하나씩 불리어지고

환호를 지르거나 아쉬워하는 아이들의 목소리가 들린다.

하니는 불안해하는 눈치.

조하니 내 이름은 항상 마지막에 불렸고…….

'조…… 하…… 니'

조하니 상대팀은 웃었고, 우리 팀은 아쉬워했다.

웃고 아쉬워하는 소리가 뒤범벅.

감독 이긴 팀은 자유시간을 주지!

조하니 피구를 할 때에는 먼저 맞고 퇴장하고 싶었지만 또…… 날아오는 공이 무서웠다. 맞으면 아프니까…… 상대팀 친구들은 나를 먼저 죽이려 했다. 누구는 양손으로 던졌고 누구는 회전회오리 슛으로 던졌고 누구는 저 멀리서 달려와 점프한 뒤 나를 죽이려 들었다. 우연히 땅볼이 내 발밑으로 굴러 들어오면.

목소리,
"야– 조하니 패스"

조하니 공 셔틀이 되는 거지. 그렇지만 그렇지 않은 척! 뭔가 팀워크를 함께한다는 표정으로 건네야 한다. 나도 무언가를 했다는 눈빛.

그런 눈빛으로 피구 공을 패스.

조하니 발야구는 차라리 편하다. 저 멀리 외야에서 서 있으면 그만이다. 땡볕 아래 가만히 서 있으면 음…… 이대로 시간이 멈췄으면 하는 느낌이다. 체육시간은 왜 있는 걸까? 체육시간은 누구에게 필요한 과목일까? 체육이란 뭘까? 선생님은 왜 저렇게 잠만 자는 걸까? 너희들은 이게 재미있니? 그런 생각을 할 때쯤 아주 가끔 공이 날아온다.

목소리,
"야- 조하니! 잡아!"

조하니 가끔 친척들이나 동생이랑 할 때는 잘 잡는데…… 저 목소리를 들으면 잡을 수 없게 되어버려…… (공을 못 잡는다) 미안…….

수업이 끝난 종소리.

조하니 …… 수업 시작 1분 전에 들어가야지…… 덜 미안하지…… 그런데 나랑 같아 보이는 친구가 있는 거야.

와인드업을 하는 준호.
공을 던진다.
땀이 흐른다.

조하니 재는 뭔데 저렇게 열심히 할까. 보기에도 운동과 거리가 먼 얼굴인데…… 1학년 때부터 쭉 같은 반이었다. 그런데 체육시간만 되면 저렇게…… 저 멀리서…… 나와 같은 위치에서…… 아무도 모르게…… 공을 던진다. 야구부에서 에이스인가? 우리 학교 야구부 별로 유명하지 않다던데…… 야구를 잘 알지는 못 하지만, 던지는 모습이 참 아름답다고 생각했다.

준호, 잠시 지쳐 쓰러진다.

조하니 그때부터 우리 학교의 야구경기를 보기 시작했다. 왜 그런지 잘 모르겠지만 어딘지 모르게 응원 받고 있는 기분이 들어서.

성호, 공을 던진다.

준호, 벤치에서 경기를 바라본다.

조하니 저렇게 열심히 하는데 만년 후보구나…… 역시 운동은 아무나 하는 게 아니야…… 참 웃기다…… 우리 학교 야구부는 항상 상대팀 실력이 월등한데도 불구하고…… 경기는 이긴다.

감독 웃기는 일이다. 경기력은 역대 최악인데…… 이상하게 이기고 있다. 왜 이기는 거냐? 야구부 창립 이후 최고의 성적이다. 너희들 실력은 최악인데 말이지…… 왜…… 어째서냐?

박성호 럭키맨!

감독 럭키…… 라…….

박성호 내 새로운 마구 받아볼 사람?

성호, 두 손을 하늘 위로 펼친다.

준호, 모자를 눌러쓴다.

조하니 그렇지만 체육은 여전히 싫다.

김윤희 등장한다.

김윤희 뭐라고?

조하니 저기…… 붕대를 좀…….

김윤희 다쳤니?

조하니 아니요…….

김윤희 아프지도 않는데 왜?

조하니 아파야만 해요.

김윤희 (웃으며) 고등학생?

조하니 네…….

김윤희 (웃으며) 나쁜 아이 같지는 않고

조하니 …….

김윤희 그래. 발 줘봐.

조하니 정말요?

김윤희 있잖아. 나도 예전에 아이돌 콘서트 보러 가려고 약국, 병원 돌아다니면서, 깁스 해달라고 부탁했지만 전부 거절당했어…… 정말 간절했는데 말이야…… 내 마음을 알아주는 어른 한 명만 있었다면…… 그랬다면…… 억울했거든 나. 세상이 내 중심으로 돌아간다고 느꼈어, 부정적으로…… 무슨 사연인지는 모르겠지만 너에게서 그때 내 모습이 보여서 말이야.

붕대를 감아준다

조하니 …….

김윤희 이래도 안 되고 저래도 안 된다면, 그럴 때는 말이야. 그냥 하고 싶은 거 하면 되는 거야. 시간이라는 건 흘러가게 되어있고 기억이라는 건 잊혀지기 마련이거든. 그런데 아쉽거나 후회 가득한 기억은 좀처럼 잊혀지지 않아. 그래서 생각한 거야 멋대로 하면 그 기억은 좋은 기억으로 남지 않을까? 적어도 후회는 안 하니까.

조하니 …….

김윤희 붕대를 감겠다고 처음 보는 나한테 말을 걸었잖아. 뭐든 해낼 수 있을 거야. 자 끝!

어느새 다리에 붕대가 감겨있다.

조하니 돈은…….

김윤희 됐어! 나중에 너와 같은 친구 만나면 비슷한 얘기를 해줘.

조하니 무슨 얘기…….

김윤희 용기를 줘. (진지하게) 약.속.

조하니 …….

얼떨결에 약속하는 하니.

김윤희는 웃으며 나간다.

조하니 …….

하니는 자리에 주저앉아

조용히 운다.

4. 천재라는 건…… 누가 정하는 거야?

배트를 든 준호.

그 옆에 앉아 준호를 바라보는 성호.

둘 사이 진지하다.

준호 배트를 휘두른다.

박성호 그게 아니잖아!

권준호 응…….

박성호 발의 축이 뒤로 가 있어야 해. 여유가 없어. 너의 동작은…….

권준호 그랬으면 천재겠지.

박성호 (웃으며) 그럼 나는 천재였구나?

권준호 배트 휘두른 지 1년 넘었어…… 지명타자라 다행이지. 수비라도 했어 봐.

박성호 그동안 뭐한 거냐?

권준호 야구부 해체를 기도했다.

박성호 소원대로 됐구나. 네가 주전이니 해체는 코앞이야!

권준호 해체를 위해서 좀 더 노력해야겠군.

박성호 (살짝 진지하게) 도대회까지만 버텨줘.

말없이 배트를 휘두르는 준호.

박성호 자세!

권준호 (화를 내며) 알고 있다고! 젠장.

박성호 젠장?

권준호 그렇게 말했나?

성호는 웃는다.

박성호 연극도 아니고 젠장이 뭐냐 젠장이.

권준호 …… 빌어먹을.

박성호 (연극적으로) 어처구니가 없군요.

권준호 (덩달아) 넌덜머리가 납니다.

박성호 지금부터 내가 공을 던질게.

권준호 어이 사부. 진도가 너무 빠른 것 같은데?

박성호 실전이야. 실전. 칼을 뽑았으면 누군가를 베어야지!

권준호 나는 그냥 무만 베고 싶은데…….

박성호 눈이 아직 엉터리라 살살 던질게.

권준호 살살이다?

박성호 아쉽다. 새로운 마구를 생각해놨는데…….

권준호 …… 사양할게.

성호 팔짝팔짝 마운드로 뛰어간다.

긴장한 표정의 준호.

성호 공을 던지려고 와인드업.

공은 던진다.

'깡'바로 날려버리는 준호.

박성호 제법인데?

권준호 사부. 이제 사부를 뛰어넘을 때인가 봅니다. 사부. 그 동안 감사했습니다.

박성호 까불긴.

성호 와인드업.

이번에 어딘가 좀 다르다.

그렇지만, 이번에도.

'깡'

박성호 거짓말.

권준호 거짓말…….

박성호 뭐야?

권준호 위험했잖아! 슬렁슬렁 던진다며!

박성호 슬렁슬렁 던졌어!

권준호 지금도 충분히 위협적인데?

박성호 내 잠재력은 아직 100%다!

권준호 그렇다면 제대로 던져 봐.

박성호 …… 좋지.

안대를 풀고 자세를 고쳐 잡는 성호.

심호흡을 하는 준호와 성호.

성호 크게 와인드업.

준호 양손 힘껏 배트를 쥐어 잡는다.

성호 공을 던진다.

준호 헛스윙.

권준호 크…….

박성호 어떠냐! 에이스의 실력이!

권준호 직구가 아니잖아. 직구로 승부해! 직구로!

박성호 하.하.하 현실은 야구만화가 아니라고. 친구.

권준호 여기까지인가 봐. 사부

장비를 챙기는 성호

준호의 스윙을 가만히 바라보다가…….

박성호 너 여태까지 뭐 한 거냐?

권준호 또 잔소리냐?

박성호 장난치는 게 아니고 진지하게 너 여태까지 뭐 한 거야?

권준호 무슨 뜻이야?

박성호 충분히 주전하고도 남을 실력 같은데…… 야구가 싫었던 거?

권준호 (한숨) 내가 3년 동안 뭐 했는지 모르냐?

박성호 글쎄…… 게임이랑…… 먹는 얘기…… 여자들 얘기…….

권준호 (다시 또 한숨) 그래. 그거 하느라 바빴다.

박성호 멍청이.

권준호 그래 나 멍청이다.

박성호 어쩌면 우리 전국대회를 노려볼 수 있을지도?

권준호 너 없으니까 팀이 아주 잘 돌아가던데?

박성호 너 대학 가서도 야구 할 생각이 있어?

권준호 아니. 절대.

박성호 …….

권준호 그런데 지금 그냥…… 뭐…… 조금은 즐거워.

박성호 새끼. 이러다가 슬램덩크 권준호를 능가하는 거냐?

권준호 작가는 왜 하필 안경선배 이름을 권준호로 한 거야! 재수 없게!

박성호 참 이름 잘 지었어. 권준호. 올바른 이름이야.

권준호 강백호도 그렇고…… 서태웅도 그렇고…… 채치수.

둘은 웃는다.

박성호 (배를 잡으며) 변…… 덕규.

둘은 한참 웃는다.

권준호 나루토 보면 록리가 나오잖아.

박성호 응.

권준호 그 녀석도 천재라 불리잖아.

박성호 그렇지.

준호,성호 – 노력의 천재.

두 남자 퇴장한다.

하니 공을 들고 들어온다.

손목에는 흰색 아대가 착용되어있다.

주변 눈치를 보고는 벽에다 공을 던지는 연습을 한다.

그때, 지나가던 감독.

감독 자네!

조하니 헉. 아…… 안녕하세요.

감독 자네…… 아니…… 머리가 어지럽다. 혼란스럽군. 자네 체육을 싫어하는 학생 아니었나?

조하니 그…… 그게…….

감독 반대로 이렇게 체육을 사랑하는 아이였을 줄. 그래. 재능쯤이야 없어도 상관없어! 노력만 한다면 얼마든지…… 얼마든지!

조하니 수…… 수고하세요.

감독 잠깐. 내가 자네를 피구의 제왕이 될 수 있도록 만들어 주지. 한 달. 한 달간 특훈이다.

조하니 샘. 그게 아니라…… 저는.

감독 내 평생 이런 경험은 처음이야! 그래 해보자. 재능을 뛰어넘는 노력을 만들어보자고. 노력으로 모든 걸 갈아엎자고!

조하니 …….

감독 (전화를 건다) 어. 여보. 조금 늦을 것 같아. 응 제자와 운동을 좀 해야겠는데. 응 애들 먼저 재우고 먼저 자. 오늘은 조금 늦을 것 같으니.

조하니 선생님?

감독 여보. 오랜만에 불타오르는 것 같아. 이제부터 선입견을 버리는 눈을 길러야겠어. 세상 어느 정도 살았다고 생각하고 까불었던 것 같아. 잘 자 여보. 꿈에서 마라톤을 하는 상상해봐. 꿈에서도 운동할 수 있다고!

5. 첫 경기. 특명 '가만히만 있자'

안대를 푸는 성호.

김윤희 밝은 표정이다.

김윤희 많이 좋아졌네?

박성호 정말요?

김윤희 맞다. 오늘 첫 경기지?

박성호 이미 경기 막바지일 거예요.

김윤희 흠…… (창문을 보며) 덥겠네.

박성호 더운 거 모를 거예요. 더 뜨거운 사람이 있으니까.

경기장 내 관객들의 웅성거리는 소리가 들려온다.

상대팀 고교의 몸을 푸는 소리도 들려온다.

늠름한 표정으로 들어오는 코치.

감독 상황이 많이 안 좋다. 8회다. 이미 좋은 타선 루팅이 끝이 나서 사실상 가망성은 전혀 없다. 아무리 운이 좋은 너희들이라도 이번 상황은 많이 힘든 것 같다. 하지만 야구의 묘미는 지금부터다! 야구란 뭐냐? 타임아웃이 없는 스포츠 아니냐? 스포츠 정신이란 뭐냐? 무언가를 이기기 위한, 포기하지 않는 마음 아니냐? 두 눈 똑바로 뜨고 공을 바라 봐. 할 수 있다. 잔챙이들 어떻게든 나가라. 사실 우리 팀 1,2,3,4번 타자 말고는 타율이 최악이다. 전혀 출루를 못하고 있다. 다음이 5번. 6번. 7번. 8번. 9번…… 3명만 나가자. 그러면 기회는 찾아온다. 2아웃을 만들더라도 3명은 나가자! 3명은. 나.가.자…….

야구부 구호가 들려온다.

가만히 서 있는 준호.

'퍽'

심판 아웃!

감독 태석이 이 자식. 괜찮아. 기죽지 말고 어깨 펴 인마. 잘했어!

'퍽'

심판 투 아웃!

감독 성춘이 이 자식. 배팅장에서 네가 쓴 돈만 100만 원이야. 100만 원! 그래도 괜찮아. 야구는 8회말 2아웃부터니까!

권준호 덥네…….

'깡'

안타.

권준호 어라?

감독 잘했어! 세혁!

'깡'

안타.

감독 브라보! 상원!

권준호 어라라?

감독 좋았어! 이 자식들…… 운 하나는 기가 막히게 좋다…… 지금 상태라면 눈감고 휘둘러도 되겠어. 자. 다음 타자 누구야? 세한이였던가?

권준호 전데요?

감독 …… 선수교체!

권준호 교체할 선수도 없잖아요…….

감독 …….

권준호 …… 어떻게 하죠?

감독 …… 뭘 어떻게 하긴 멍청아! 나가야지!

권준호 네…….

감독 휘두르지 마.

권준호 …… 네.

감독 그냥 가만히 있어. 독수리 눈빛! 공을 잘 보는 눈빛!

준호, 눈 모양을 매섭게 만들어본다.

권준호 …….

감독 …….

'퍽'

심판 스트라이크!

눈에 멍이 든, 하니가 올라온다.

'퍽'

심판 스트라이크!

'퍽'

심판 볼!

안대를 푼, 성호가 관중석으로 올라온다.

'퍽'

심판 볼!

박성호 뭐해? 휘둘러야지!

'퍽'

심판 볼!

박성호 야이. 쫄보야!

'퍽'

심판 볼! 포볼!

감독 …… 이겼다.

박성호 …….

조하니 …….

감독은 다리에 힘이 풀려 쓰러진다.

준호. 그대로 오랫동안 서 있는다.

감독 (준호의 어깨를 만지며) 잘. 참았다. 아주 잘. 참았어.

성호 준호의 모습을 한동안 바라보고는 이내 사라진다.

하니 준호의 모습을 계속 바라본다
계란으로 자신의 얼굴을 만지며…….

권준호 덥다…….

6. 고양이가 있는 담벼락 길

새소리, 아침.

김윤희 여기야?

박성호 (해맑게) 네…….

김윤희 뭘 그렇게 웃어?

박성호 헤헤. 아니에요. 진지하다고요. (진지한 얼굴)

김윤희 지금도 있을까냥? (진지하게) 자신의 영역 침범했다고 갸르르 거리거나, 할퀴거나, 동료들을 모아서 우리를 퇴치하거나, 말없이 노려보거나 하지는 않겠지? 너무 무서워…….

박성호 이쯤 되면 고양이를 싫어하시는 것 같은데

김윤희 그것도 사실 좋아!

박성호 하하. (츄르를 꺼내며) 이것만 있다면.

김윤희 츄르구나?

박성호 아마 담벼락에서 내려올 수도 있을 겁니다. 하하.

츄르를 멋지게 개봉한다.

고양이들 울음소리.

당황하는 성호.

여러 고양이들이 달려든다.

성호 도망간다.

박성호 이게 뭐람!

김윤희 (웃는다)

담벼락 고양이 등장한다.

나지막한 소리로 '냐옹'

김윤희 순간 멈칫.

담벼락 위 고양이를 응시한다.

김윤희 아…… 안녕하세요. 얘기 많이 들었습니다. (고개를 숙이고) 정말 한쪽 눈이…… 음…… 음…… 역시…… 그렇게 된 거구나.

고양이 사라진다.

김윤희 어? 사라졌다.

헐레벌떡 들어오는 성호.

박성호 츄르가 이렇게나 대단한 힘을 가졌다니…… 동네 고양이들 미친 듯이 쫓아오는 바람에…… 개들도 아니고…… 짖지도 못하는 것들이, 짖는 건 어디서 배웠는지 (강아지 짖는 것처럼) 야. 옹. 야. 옹…… 츄르가 이렇게 나…… 대단하다니.

쓰러진다.

김윤희 방금…… 왔다 갔어.

박성호 녀석이요? (담벼락에) 야. 나야. 기억하냐? 나라고!

권준호 나라고 하면 알겠냐?

박성호 …… 뭐야!

권준호 승리의 여신.

박성호 어째서? 어째서 여기에 등장한 거지? 이게 만약 꿈이라면, 엄청난 악몽일 테고 현실이라면 신은 분명 엄청 짓궂은 타입일 거야. 땅을 내려다보면서 하품을 하고는 '아오늘 심심한데 뭐 재미있는 일 없을까?'라고 생각하는 중에 나와 누나의 기운을 감지하신 거지. 그리고서는 얘기가 너무 재미없게 흘러갈 것 같으니까. 너를 투입한 거야! 맞지?

권준호 그걸 나한테 물어보면 어쩌냐?

박성호 웃기시네. 겁쟁이 주제에!

권준호 침착함. 이라고 할 수 있지.

박성호 쫄보! 나였으면 연속된 파울볼로 상대팀 투수를 피 말리게 한 뒤, 지쳐서 날린 공을 한방에 날려 보냈어.'깡!'영웅이 될 수 있는 기회였는데…….

권준호 그런 녀석이. 고양이 하나 컨트롤 못 하냐?

박성호 폭풍이 몰아쳤단 말이야!

권준호 멍청한 놈. 머리를 써야지.

준호, 츄르를 꺼낸다.

박성호 …… 미리 말해두겠지만…….

권준호 유투브에서 이미 다 알아봤다. 이거 하나면 게임 끝이다 이거야!

박성호 …….

권준호 한방 먹은 얼굴이군? 푸하하. 녀석은 내 손아귀 아래서 통제될 것이다. 개봉.

츄르를 멋지게 개봉한다.

고양이들 울음소리.

당황하는 준호.

여러 고양이들이 달려든다.

준호 도망간다.

몇몇 고양이 성호를 바라보고 운다.

박성호 나는 왜?

달려드는 고양이.

박성호 꺄!

다시 혼자 남은 김윤희.
담벼락 고양이 다시 등장한다.

김윤희 너의 시대는 끝이 났던 거구나. 너에게 지켜야 할 소중한 것들이 있구나. 맞아. 맞아. 지켜야 할 것들이 많으면 많을수록 우리는 겁쟁이가 되는 거야. 그런데 그게 정말 겁쟁이일까? 괜찮아. 네는 세상에서 제일 용감한 고양이야.

준호 · 성호 제발!

김윤희 주머니에서 츄르를 꺼낸다.
담벼락 고양이 가족들 다 같이 김윤희의 츄르를 핥는다.

김윤희 이제 저 아이들의 시대인가?

6.5 피구왕 하니?

g선상의 아리아가 흐르고
하니 다리에 붕대를 풀기 시작한다.
느린 소리로 가위바위보 목소리가 들려오고
하니는 비장한 표정으로 자신이 뽑히길 기다린다.

경기가 시작되고
하니 아름다운 동작으로 공을 피한다.
발밑으로 공이 굴러온다.

'패스' '패스' '패스'
하니 듣지도 않고 앞에 상대팀한테 있는 힘껏 공을 던진다.

조하니 나는 독재자다. 코트 위에 독재자. 아무도 나를 막지 못한다. 홍지혜. 지난 번 생리통 때문에 배 아픈 걸 알면서도 너는 내 배만 집중 공략했지, (공을 던지고) 이하나. 화장실에서 애들이랑 속삭였지? 나랑 편하면 무조건 진다고, (공을 던지고) 이지혜. 너는 그냥 생긴 것부터 재수 없어. (공을 던진다) 코트위에서 나는 독.재.자 다.

학생들의 비명소리.

조하니 선생님…… 당신의 말이 옳았어요.

감독 조용히 하니를 바라본다

조하니 체육이 정말 좋아요. 체육이 정말 좋아요. 이제는 체육시간만 기다려져요. 하.하.하.

감독 피해!

조하니 어?

퍽.

하니 쓰러진다.

조하니 꿈이었구나…….

같은 운동장.

구석에서는 준호가 배트를 들고 타격 연습을 한다.

권준호 …….

미친 듯이

미친 듯이

배트를 휘두른다.

7. 전야제

성호 야구공을 만져본다.

감독이 들어온다.

감독 눈은?

박성호 많이 좋아졌어요. 당장에라도 공을 던질 수 있습니다.

감독 도대회 진출하면 바로 마운드로 복귀할 수 있다. 우리 팀이 어디까지 갈 수 있을지는 모르겠으나, 너희들 운이 좋은 편이라서…….

박성호 준호는?

감독 예상외로 잘해주고 있지.

박성호 도대회 진출하면 준호는? 계속 지명타자로…….

감독 엔트리가 바뀔 것이다.

박성호 그렇다는 건 지금까지 제 대타로…….

감독 성호야.

박성호 네…….

감독 준호의 꿈은 야구 선수가 아니야.

박성호 …….

감독 네가 감독이라면 어떡할래?

박성호 그렇지만. 준호. 생각보다…….

감독 생각보다지. 평균적으로는 운동능력이 타고난 아이는 아니다. 누구든지 노력만 하면 준호처럼 할 수 있는 거야.

박성호 …….

감독 경기 날. 내 아는 후배들이 경기를 보러 올 거야. 그때 소개를 시켜주도록 하지.

박성호 네…….

감독 앞으로의 시합만 생각해. 몸 관리 철저히 하고.

박성호 제가 재능이 있나요?

감독 글쎄…… 어느 정도의 선수가 될지는 모르겠지만…… 야구를 안 하면 너의 인생은 어떻게 흘러갈지 보이는구나.

박성호 …….

감독 선수가 아니더라도, 대학만 간다면 코치, 2군, 선생…… 가능성은 더 열려있어. 앞으로 한 경기만 이기면 된다. 승점이 높아 비기기만 해도 도대회를 진출할 수 있어. 준호만 잘하면 되는 게 아니라는 거야. 반대로 준호가 못해도 이길 수 있다는 거야.

박성호 …….

감독 준호의 재능은 야구가 아니라 다른 곳에 있다고 생각한다.

8. 여름이 끝나는 냄새

라데츠키 행진곡

감독 화이트보드판을 들고 들어온다.

감독 지금부터 작전을 설명하겠다!

무언가를 설명하지만

들리지 않는 감독의 목소리.

춤을 추듯 설명하는 감독.

침까지 튀기는 감독.

갑자기 화를 내는 감독.

웃기 시작하는 감독.

불안했던 감독.

권준호 …… 원래 손에 땀이 많았나…… 덥다…….

박수를 치는 감독.

감독 그렇다. 작전명'성호 상륙작전'이번 경기만 이기면 도대회 진출이다! 그렇다는 건 성호가 투입된다는 거지. 또 그렇다는 건 준호의 부담감을 덜어줄 수 있는 계기가 된다는 거지. 그렇다는 건. 팀의 타율이 올라갈 수 있다는 거지. 사실상 준호의 출루율이 팀내 최고 성적이다. 그래. 참고 버틴다는 건 좋은 일이야. 끝까지 참을 수 있도록. 이상.

운동장과 매미소리 들려온다.
관중석으로 들어오는 김윤희, 성호.
행진곡은 계속 흐르고!

김윤희 엄청나네?
박성호 처음인가요?
김윤희 응. 처음이야. 야구장은.
박성호 저기가 마운드라고 하는 곳입니다. 저 중앙 보이시죠?
김윤희 응!
박성호 저기가 투수가 공을 던지는 곳이에요.
김윤희 오호.
박성호 저기가 1루 요기가 2루 저기가 3루.를 돌아 홈으로 돌아오면 1점인 거예요.
김윤희 아. 절대로 혼자 할 수 있는 경기가 아닌 거네?
박성호 수비할 때. 공을 잘 던져 아무도 1루를 못 밟게 하면 되는 거죠. 하.하.
김윤희 성호가 투수?
박성호 네. 이번 경기만 이기면 도대회 진출! 그렇다는 건 이 에

이스의 마구를 두 눈으로 볼 수 있다는 사실!

김윤희 마구?

박성호 하하! 제가 던지는 공이 빠르게 갔다가 두 개로 보였다가 어느새 사라지는 그런 공입니다. 그러면 아무도 못 치죠!

김윤희 대단하네!

박성호 하.하.하.

하니. 눈에는 안대를, 다리에는 붕대를 감은 채 급히 뛰어 올라온다.
올라오다 넘어진다.
성호, 김윤희 하니를 바라본다.

박성호 어? 너는?

조하니 …….

박성호 우리 반 학생?

조하니 안녕.

김윤희 다리는 괜찮아?

조하니 어?

김윤희 둘이 같은 반이구나?

박성호 (경계하며) 아는 사이에요?

김윤희 조금? 이리 와 같이 보자.

조하니 괜찮아요. 저는 여기서 볼래요.

하니 반대편으로 걸어가 앉는다.

박성호 경기 시작했다.

김윤희 성호, 긴장했구나?

박성호 아닌데요?

김윤희 성호야. 안대를 풀고 안약을 넣어야지…….

성호. 웃는다.

박성호 저 자식. 사람 긴장하게 만들고 있어.

감독이 들어온다.

감독 이기지 않아도 좋다. 그렇지만 지지는 마라. 절대로 지면 안 된다. 상대팀은 절대로 지지 않으려 할 것이다. 절대로 이기려는 팀과 이겨도 그만 비겨도 그만 지지만 않으면 되는 팀. 어느 팀이 더 절실할 거라 생각 드나? 상대팀 절실함을 이용해라. 잦은 실수가 나오도록 해라.

'스트라이크 아웃'

감독 괜찮아. 괜찮아. 너희들은 역대 최악의 선수들이지만 역대 최고의 운 좋은 멤버들 아니냐! 난 믿는다. 너희들의 운을.

준호 배트를 들고 서 있는다.

객석에 있는 성호를 바라본다.

성호 급히 숨는다.

권준호 여전히 덥네…… 어디로 내뺀 걸까. 나의 위대한 전성기를 놓치고 말이야.

심판 볼, 볼, 볼, 볼 포볼!

권준호 럭.키.

감독 상대는 흔들리고 있다.

김윤희 매의 눈이네.

박성호 …….

조하니 …….

감독 6회다. 3회만 참으면 된다. 0:0 스코어는 동률. 그렇지만 너희들 볼은 좀 걸러내야지. 무턱대고 휘두르면 어떡하니…… 가자! 이기자! 아자아자!

김윤희 좀처럼 점수가 안 나네?

박성호 비기기만 해도 승점이 높아 도대회 진출이에요.

김윤희 굳혀라! 굳혀라! 굳혀라!

박성호 멍청한 자식…….

감독 지금까지 참아온 거.

권준호 …….

감독 끝까지 참아.

권준호 네…….

감독 그동안 괴롭혀서 미안했다. 이 경기 끝나면 놓아주겠다.

권준호 내가…… 야구를 싫어했었나?

준호 하늘을 바라본다.

권준호 이번 경기만 끝나면 자유다.

박성호 멍청한 자식.

심판 볼.

심판 볼.

박성호 …….

김윤희 엄청 침착하네…… 준호.

조하니 …….

심판 스트라이크!

권준호 후…….

감독 참아.

권준호 귀에서 딱지 내려앉겠어요.

감독 꿈에서라도 나와 주지. 참아.

권준호 네…….

심판 볼!

감독 참아. 아웃당해도 괜찮으니까

심판 스트라이크!

권준호 ……

조하니 휘둘러…… 휘두르라고……

박성호 ……

김윤희 ……

조하니 (크게) 휘두르라고! 이 멍청아!

권준호 ……

감독 으잉?

감독과 눈이 마주친 하니.

급히 숨는다.

얼떨결에 같이 숨는 성호.

조하니 ……

박성호 뭐야…… 갑자기 놀랬잖아……

조하니 미안.

박성호 나. 병원 갔다고 거짓말 치고 나온 건데……

김윤희 어머 정말?

박성호 준호가 보면 부담스러워할까 봐요……

김윤희 역시……

박성호 근데 누나.

김윤희 응?

박성호 누나는 안 숨어도 되는데……

감독 잘못 봤나……

권준호 저 멍청이…….

준호 자세를 바로 잡는다.

무언가 다짐한 듯. 표정이 바뀐다.

그렇지만…….

'스트라이크, 아웃'

감독 잘 참았어.

권준호 …….

김윤희 데미안이라는 소설 읽어봤니?

박성호 아니오. 그렇지만 제가 곧 제일 좋아하게 될 소설이 될 것 같네요.

김윤희 새는 알을 깨고 나온다. 알은 곧 세계이다. 태어나려는 자는 한 세계를 파괴해야만 한다. 새는 신에게로 날아간다. 그 신의 이름은 아브락사스다.

박성호 (진지하게) 그런 내용이라면 열 번 정도 읽어봐야겠네요.

김윤희 준호가 날아갈 수 있게 응원하자.

조하니 네!

박성호 …….

김윤희 어째, 내 고등학교 시절이 떠올라서 말이야. 나도 운동을 했었다고. 작게나마 운동선수도 생각해봤지만 나 말고도 재능 있는 사람들이 넘쳐나서. 어쨌든! 중요한 건 말이야 중요한 건. 선수를 꿈꿔오든 그렇지 않던 간에 어딘가에 이러지도 저러지도 못하고 열심히만 해야 하는 상황이 오기 마련이거든. 그때 겁을 먹었던 자신이 떠올라서…… 셋이서 응원하자. 준호를!

박성호 감독이 보면 큰일 난다고요.

조하니 …….

김윤희 친구가 위태로운 걸 보고만 있을 거니?

감독 잘 들어!

김윤희 이겨라! 이겨라! 권준호!

감독 뭐야!

권준호 하하…….

감독 지인?

권준호 그렇겠죠?

감독 가족인가?

권준호 아뇨. 그냥 아는…….

감독 준호를 다시 보게 되었군.

권준호 네?

감독 …… 아니다. 잘 들어라 8회다.

조하니 이겨라! 이겨라!

감독 뭐야! 저거. 저거. 역시나…… 무단 결석이구만!

조하니 이겨라!

감독 조용히 해!

심판 감독님.

감독 네?

심판 응원하는 관객에게 한 번 더 소리 지르실 경우 퇴장입니다.

감독 …… 우리 학생인데?

심판 당신의 학생이든 아니든 야구를 사랑하고 응원하는 분들입니다. 그런 분들에게 비 매너적인 행위를 하는 건 못 참습니다.

감독 …… 네…….

박성호 야. 권준호!

감독 이 자식…….

박성호 겁쟁이 쫄보 자식아!

권준호 고맙다!

'깡'

모두 하늘을 바라본다.

성호 발밑으로 들어오는 야구공.

상대팀 홈런.

1:0으로 지고 있는 준호의 팀.

감독 …… 꿈인가?

권준호 현실인 것 같은데요?

박성호 꿈인 거죠?

김윤희 현실인 것 같아.

감독 지고 있다. 9회초 우리는 지고 있다. 어떡할래!

박성호 괜찮아요. 9회말 2아웃부터니까.

김윤희 그렇지?

박성호 라고 해도…… 9회말 2아웃에 역전할 리 없잖아요. 현실은.

조하니 이번에 배트를 휘두를 거야.

박성호 뭐?

조하니 괜찮아. 홈런 한 방이면 되잖아.

박성호 쉬운 줄 아나. 홈런이.

사이.

박성호 이봐. 우리 학교 야구팀! 홈런 한 방만!

감독 보내기 작전이다. 이번 타선 배팅장에서 200만 원 넘게 쓴 성춘이 아니더냐? 칠 수 있다.

헛스윙.

헛스윙.

감독 흥분하지 말고 공을 보고 쳐!

심판 볼! 볼! 볼!

감독 이렇게 된 거 그냥 참아. 200만 원 아까워하지 마.

헛스윙.

아웃.

감독 성춘이 너 이 자식…… 배팅장 사장님 차 바꿨다는 데. 누구 덕분인 줄 알겠다.

권준호 불안한데…….

감독 상원이.

'깡'

감독 그렇지…… 다음은 누구? 세혁이! 번트다. 번트 후 다음 타자에게 맡기는 거다. 간단하다 너는 번트, 다음은 안타. 그럼 이긴다. 간단하지? 긴장하지 말고!

심판 감독님

감독 뭐?

심판 그거 제 장비인데…….

감독. 심판의 장비를 다시 풀어버린다.

감독 세혁이 번트! 알겠지? 다음은 누구야? 세한이였던가?

권준호 전데요?

감독　　……

권준호　　……

감독　　세혁아. 안타다! 죽이 되든 밥이 되든 안타다!

'깡'

감독　　(하늘로 뻗어나가는 야구공을 바라보며) 운이란 게 타고난 자식들.

권준호　　다녀오겠습니다.

감독　　참고. 다음 타선을 노리자.

권준호　　……

박성호　　…… 참아야 할 것 같은데……

조하니, 김윤희　　휘둘러! 휘둘러!

감독　　이것들이!

심판　　어험!

감독　　……

준호 배트를 들고 등장.

긴장한 모습에 준호.

긴 호흡.

김윤희　　준호가 휘두르기를 바라니. 아니면 다음 타자가 해결해 주기를 바라니?

박성호 글쎄요. 이번 투수 준호를 상대로 끝낼 각오인데요?

김윤희 흠.

박성호 …… 머리는 참으라고 말하고 싶지만…… 그동안 녀석 고생한 거 생각하면…….

김윤희 친구로서는 어떤 마음이야?

박성호 당연히 쳐야죠!

김윤희 …….

박성호 …….

조하니 …….

김윤희 답은 나와 있네?

박성호 제기랄. 권준호!

권준호 …….

박성호 날려. 홈런 한 방 날려! 너 다음 대회 후보야 자식아. 슬램덩크 안경 선배처럼 인생 끝낼 거야? 이번 시합 주인공이 돼야지!

감독 야이 자식아! 닥쳐.

심판 퇴장

감독 엥?

심판 퇴. 장.

감독 봐주세요.

심판 나가지 않을 경우 경기에 지장이 생깁니다.

감독 윽…… 권준호! 무조건 참아. 다음 타선이다. 알겠지?

권준호 어째…… 덥다…….

심판 감독님!

감독 알겠어…… 알겠다고…….

관중석에 쩔쩔매는 성호,김윤희,하니.

감독 관중석을 쳐다보더니 달려간다.

권준호 참나…… 원하지도 않는 상황에 주인공이 되어버렸네…….

스트라이크

권준호 하…….

감독 관중석으로 올라온다.

성호와 하니의 머리를 쥐어박는다.

감독 나쁜 녀석들! 너희가 그러고도 친구야?

조하니 친구는 아니에요.

감독 그러면 뭐야!

조하니 그냥. 그냥. 뭐. 응원하러 왔어요!

감독 너는!

박성호 준호는 칠 겁니다. 연습 많이 했습니다.

스트라이크.

감독 윽.

박성호 야! 휘둘러!

권준호 난감한데?

박성호 끝난다고…….

권준호 알고 있다고…….

박성호 너 나중에 어른 되면 후회할 거야. 내가 평생 놀릴 거거든. 동창회에서 배트 한번 휘두르지 못한 비운의 안경선배의 전설 이야기를 늘어놓을 거야. 아이를 낳아도 배트 한번 휘두르지 못한 비운의 안경선배의 전설 이야기를 늘어놓을 거야. 이혼해도 이혼 서류 특이사항에 배트 한번 휘두르지 못한 비운의 안경선배의 전설 이야기를 늘어놓을 거야. 할아버지가 되어도 손자를 만나도 나중에 납골당에도 배트 한번 휘두르지 못한 비운의 안경선배의 전설 이야기를 늘어놓을 거야!

권준호 내가 이번 경기에 안타치면…… 가능성 있던 좀만 더 노력했다면 야구선수로도 성장할 수 있었던 권준호로 남겨줄 수 있겠지?

박성호 응!

권준호 뭐야. 혼잣말인데 들렸어?

박성호 원래. 이런 극적인 장면에 들리는 거야! 멍청아!

김윤희 휘둘러!

감독 …….

권준호 …….

공이 날아온다.

배트를 휘두른다.

'깡'

심판 파울.

공이 날아온다.

배트를 휘두른다.

'깡

심판 파울.

공이 날아온다.

배트를 휘두른다

'깡

심판 파울

모두 숨죽이며

장면을 지켜본다.

권준호 (크게) 덥다. 정말 덥다.

공이 날아온다.

배트를 휘두른다.

'깡

심판 파울.

공이 날아온다.

'퍽'

준호 심판을 급히 쳐다본다.

심판 볼!

권준호 하…….

박성호 (웃으며) 휘둘러! 홈런 날려!

김윤희 날려버려!

조하니 날려죠! 제발 한방 날려죠!

공이 날아온다.

배트를 휘두른다.

'깡

심판 파울.

공이 날아온다.

퍽.

준호 심판을 급히 쳐다본다!

심판 볼.

준호 샤워하고 싶어…….

감독 풀 카운트. 참아!

심판 조용히!

감독 관중석에서는 이래도 되는 거잖아!

심판 닥쳐!

감독 …… 왜 이리 뜨거워진 거야? 저 심판.

심판 달려. 네가 흘린 땀을 믿고 달려!

권준호 으아!

준호 하늘을 향해

소리를 지른다.

권준호 어릴 때부터 투수를 꿈꿔왔고 남몰래 투수 개인 과외를 받아오며 고등학교 때 힘든 부모를 설득해서 이곳으로 진학했지만 단 한마디에 나는 타자가 되었고 그래도 해보겠다는 생각에 매일 노력했지만 노력조차 인정받지 못하는 게으른 선수가 되었고 그러다 보니 정말로'게으른 걸까?'라는 생각이 들었고 이미 어깨는 투수를 포

기해야 한다는 소리를 들었고, 웃기지? 투수 한 번 해보지 못했는데 투수 생활을 포기하라니…… 그런데 저 머저리가 눈을 다치는 바람에 어쩔 수 없이 지명타자가 되었고 우씨…… 노력하기 싫었는데! 저 머저리 꿈을 위해 나는 매일 밤 배트 휘두르는 노력을 하였고 성춘이는 배팅장에서 200만 원 넘게 썼다지만 나는 사실, 300만 원 넘게 쓴 것 같아. (주변을 둘러본다) 그런데 매일 꿈꿔왔던 마운드의 9회말 2아웃 풀카운트. 마지막 직구로 승부를 이기는 투수를 꿈꿔왔는데 어째서? 어째서 반대로 된 것이냐…… 근데 지금 참지 못하고 내가 배트를 휘두르고 있어. 파울만 몇 개야? 9개? 10개? 덥다. 더운데…… 지금 너무 즐거워…… 너무 즐거워…… 이렇게 여름이 끝난다고 생각하니 아쉬우면서…… 마음이 편해…… 그래. 악역이면 어때! 세상에서 제일 지독한 악당이 되어보는 거야! 어이, 투수! 승부다. 이제 타자가 투수를 이기는 만화가 나올 때가 된 거라고!

공이 날아온다.
양손 힘껏
배트를 휘두른다.
'퍽'

권준호 응?

심판 …… 아웃! 경기 끝!

권준호 …….

박성호 …….

심판 수고했다. 멋있었다. 정말로 멋있었다. 패배를 즐겨라.

하니와 김윤희는 울기 시작한다.

감독 왜 울어!

박성호 잘했어…… 정말로 잘했어

권준호 끝났다.

준호는 다리에 힘이 풀려 쓰러진다

감독 어이. 권준호!

권준호 …….

감독 어깨 펴! 이 자식들아 어깨 펴. 아직 끝난 게 아니야. 가을 시즌이 남았잖아! 자식들아! 오늘부터 특훈이야. 권준호 특훈이야 알겠어?

권준호 저는 이제 쉴래요.

박성호 야. 일어나. 여름 끝났어.

권준호 어이. 머저리 너 때문에 이게 뭐냐.

박성호 멍청이. 그거 하나 때리지 못하냐? 커브였잖아. 휘어지는 걸 보고 때렸어야지!

권준호 배팅장에 커브는 안 나온다고!

박성호 나의 마구를 치고도 저거 하나 못 친다는 게 말이나 되냐?

권준호 너의 마구는 아무나 칠 수 있어. 멍청아.

박성호 저게…… 야! 딱 기다려 승부다.

권준호 그러던가 말든가!

박성호 기다려!

성호 내려간다.

하니 주저앉아 하늘을 바라본다.

조하니 선생님.

감독 왜?

조하니 저 할 말이 있어요.

감독 나중에 얘기하자.

조하니 저. 체육수업 안 들을래요.

감독 뭐?

조하니 체육수업 안 듣는다고요!

감독 (당황하며) 왜!

조하니 그냥요.

감독 한숨을 쉬고 밖으로 나간다.

김윤희 어째 여름이 끝난 것 같네?

조하니 네!

김윤희 파이팅?

조하니 파이팅!

하니 웃으며 다리에 감긴 붕대를 풀기 시작한다.
성호와 준호 서로 티격태격하는 소리가 들린다.
하니 서서히 일어나 바람을 맞아본다.
'깡'

하니 쓰고 있던 안대를 벗고
펜스 너머로 날아가는 야구공의 궤적을 따라간다.

바람이 분다.
펜스 너머로 가을바람이 불기 시작한다.

막.

한국 희곡 명작선 67

펜스 너머로 가을바람이 불기 시작해

초판 1쇄 인쇄일 2021년 1월 10일
초판 1쇄 발행일 2021년 1월 20일

지 은 이 변영진
만 든 이 이정옥
만 든 곳 평민사
서울시 은평구 수색로 340 〈202호〉
전화 : 02) 375-8571
팩스 : 02) 375-8573
http://blog.naver.com/pyung1976
이메일 pyung1976@naver.com
등록번호 25100-2015-000102호
ISBN 978-89-7115-765-7 03800
978-89-7115-663-6 (set)
정 가 7,000원

· 이 책은 사단법인 한국극작가협회와 아름다운 분들의 희망펀딩을 통해 출간되었습니다.